꼬부기와 쵸비라서 행복해

꼬부기와 쵸비라서 .... 행복해

쵸꼬비와 함께라면
모든 것이 완벽해!

김지아 지음

이덴슬리벨

프롤로그

꼬부기와 함께한 첫날부터 우리 부부는 이 깜찍한 것을 세상에 널리 자랑하고 싶었다.

휴대폰으로 찍은 영상을 날것 그대로 유튜브에 올리다가 점차 영상을 다룰 줄 알게 되어 예능처럼 자막도 추가하는 등 더 보기 좋게 편집할 수 있게 되었다. 그러다 보니 자연스레 구독자 수도 증가했다. 정말 감사하게도 쵸꼬비는 조그만 아기 시절부터 많은 사람에게 큰 사랑을 받은 셈이다. 수많은 랜선 집사님들은 아기 꼬부기가 성묘가 되는 과정, 동생 쵸비의 등장, 쵸비가 중성화를 하고 성묘가 되어가는 순간 등을 모두 함께해주셨다. 그러니 꼬부기와 쵸비는 자신을 지켜봐주는 30만 명의 이모, 삼촌까지 가진 행복한 고양이다.

두 고양이와 살게 된 후 나는 아이들에게 밥을 주고 털을 빗겨주고 늘 바라보면서 시간을 보낸다. 쵸꼬비와 함께한 이후로 지난 3년간(그리고 앞으로도) 내 삶도 둘로 나뉘었다.

나는 어릴 때부터 검은색 옷을 즐겨 입었는데 지금은 옷장에 검은 옷이 거의 없다. 하얀 아이들의 털이 붙어서 어두운 색의 옷은 도저히 입고 관리할 엄두가 나지 않다 보니 밝은 색의 옷만 사게 됐다.

실내 인테리어를 할 때도 아이들이 밖을 잘 내다볼 수 있는 공간을 살리는 것부터 생각한다. 집에서 가장 밝은 창가 자리엔 무조건 캣 타워를 1순위로 놓는다. 참고로 털이 잘 붙는 벨벳 재질의 가구는 아예 사양이다. 아무리 청소기를 열심히 돌려도 바닥엔 마치 서부영화 속 모래가 나부끼는 것처럼 털이 굴러다니니까. 책장에는 고양이 책이 차지하는 비중이 원래 좋아했던 미술책을 넘어섰다. 고양이가 그려진 책이나 상품엔 어쩔 수 없이 손이 간다.

월 지출액의 비중 역시 크게 바뀌었다. 남편과 나는 각자 용돈, 공과금, 식비, 차량 유지비, 고양이 관련 비용 등 분야별로 금액을 정해놓고 쓰는데 정리해보니 한 달간 고양이 관련 지출액이 내가 쓰는 돈보다 훨씬 많이 나가고 있었다.

아침에 일어나서 내 밥은 안 먹어도 아이들 밥은 꼭 챙기고, 아무리 늦은 시간까지 약속이 있어도 무조건 귀가해서 아이들을 돌본다. 어디론가 떠나고 싶을 때도 있지만 펫시터를 구해도 마음 편히 여행을 가는 건 애초에 불가능하다는 걸 안다. 한번은 LA로 여행을 갔다가 저녁에 급하게 당일 비행기표를 끊어 집으로 돌아온 적도 있다. 그러나 이런 불편함은 아이들이 분홍 젤리로 해주는 꾹꾹이 한 방이면 금세 날아간다.

유튜브가 아닌 다른 공간에도 아이들의 기록을 꼭 남겨두고 싶어 이 책을 준비했다. 유튜브 채널의 축소판이라 할 수 있는 이 책은 꼬부기와 쵸비의 아기시절부터 현재까지의 묘생을 담았다. 출판사에서 좋은 기회를 제안해준 덕분에 아이들의 소중한 1분 1초를 한 권의 책으로 정리할 수 있었다.

바닥에 떨어진 고양이 수염을 주워 모으는 것,

내 책상 위에 고양이가 있다는 것,

침대에서 고르릉 소릴 내며 함께 잠드는 고양이가 있다는 것….

이런 것은 말이나 글로 완벽히 표현할 수 없다. 아이들과 함께 살아가며 이전엔 몰랐던 새로운 종류의 행복을 느끼게 되었다. 내 삶에 와준 이 작은 생명과 보낸 시간이 왜 그토록 행복한지 그 이야기를 꼭 남겨두고 싶다.

"그러니까 여러분! 예쁜 우리 아이들 좀 보고 가세요!"

김지아

목차

세상 사람들! 우리 쵸꼬비 보세요

형제 쵸꼬비

뭘 해도 예쁜 내 새끼

고양이와 함께 살고 있어요

다 알고 있어요. 당신도 냥덕!

엄마 집사가 그렸어요

3년 동안 함께한 세상에서 가장 사랑스러운 고양이 꼬부기야,

엄마아빠에게 와줘서 고맙고 사랑해.

세상 사람들!
우리 쵸꼬비 보세요

"세상에서 가장 사랑스러운
우리 아기 둘, 꼬부기와 쵸비를 소개합니다."

꼬부기 자기 소개

꼬부기

2015년 2월 2일 출생, 남자아이.

순하고 애교가 많으며 사람의 손을 잘 타는 개냥이.

쵸비의 하나뿐인 형, 그리고 엄마바라기.

쵸비의 화장실 뒤처리를 대신 해줄 정도로 착하고 순하다.

보들보들한 하얀 털에 푸르고 노란 오드아이를 갖고 있다.

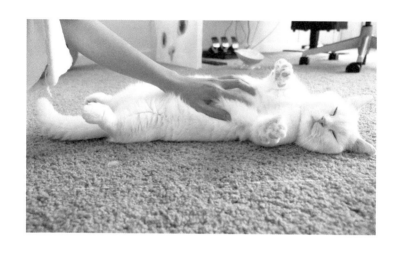

꼬부기가 좋아하는 것 하나, 마사지

사랑스러운 개냥이 꼬부기는

집사가 해주는 마사지를 참 좋아한다.

꼬부기가 좋아하는 것 둘, 바깥세상 구경

뭐가 그렇게 궁금한지 창문 너머 바깥 구경을 좋아하는 꼬부기.

꼬부기는 세상 구경해서 좋고,

집사는 반짝반짝 빛나는 꼬부기를 봐서 좋고.

<u>꼬부기가 좋아하는 것 셋, 보잉보잉^{키티보잉스}</u>

꼬부기의 '최애' 장난감.

던지고, 안고, 핥으면서 보잉보잉만 있으면 잘 논다.

꼬부기가 좋아하는 것 넷, 엄마와 아빠

"아빠 뭐하냥?"

"엄마 뭐하냥?"

말이 필요 없는 사랑스러운 눈빛.

꼬부기는 아빠 집사가 지은 이름이다.

두 집사가 머리를 맞대고 생각한 것 중 가장 괜찮은 이름이었다.

참고로 엄마 집사가 생각한 이름은 마카롱, 마요네즈, 푸딩 등등.

아빠 집사는 엄마 집사의 한탄스러운 작명 센스에 꼬부기로 정하자 말했고,

그렇게 세상에서 가장 잘 어울리는 이름이 결정되었다.

아빠 집사는 꼬부기 외에 다른 이름은 말하지 않았다.

02

아기 꼬부기

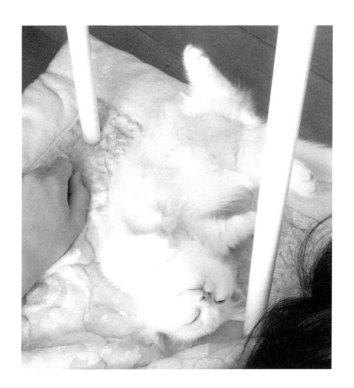

꼬부기가 엄마 집사와 함께 잔 첫날.

첫날부터 엄마 껌딱지였다.

엄마 집사가 일하고 있을 때
꼬부기는 일하지 말고 자길 봐달라며 다가오곤 했다.
(물론 커서도 작업할 때면 주변을 어슬렁댄다!)

"일하지 마~."

작디작은 뽀시래기 시절!

세 살 버릇 여든까지 간다고,

꼬부기는 아주 조그맣던 시절부터 마사지를 좋아하는 개냥이였다.

뽀얀 흰 털,

오드아이,

분홍 코.

"이불 잡을 거야냥!"
꼬부기는 어릴 때부터 지금까지 이불정리만 하면
어디선가 달려와 솜방망이로 이불을 꼭 움켜잡는다.
왜 저러는 걸까 궁금했지만
말을 못하는 꼬부기에게 그 이유를 물을 수는 없기에
그냥 자연스럽게 '고양이니까!'라고 생각하게 됐다.

쵸꼬비가 하는 모든 귀엽고 엉뚱한 행동들은
그냥, 고양이니까! 라고 생각하면 납득이 된다.

두더지 잡기 ×

꼬부기 잡기 ○

"엄마, 구해줘…."
꼬부기의 첫 목욕 시간.
꼬부기는 물이 무서운지 목욕하는 내내 '애옹' 하고 울며
아빠 집사에게 안아달라고 응석을 부렸다.
품에 파고들어 스스로 안기기까지.
정작 저한테 물을 뿌리고 있는 건 아빠인데
그런 아빠한테 구해달라니, 너무 귀여워!
동공이 한껏 커져서는 엄청 서럽게 울었지만
결국 상황을 순순히 받아들인 순한 꼬부기.

영상이랑 같이 보면 얼마나 귀엽다구요!

03

꼬부기 확대마

#1살 반 #3.5kg

폭풍 성장 중! 꼬부기 최고 뚠뚠이(뚱뚱이) 시절.

먹고 싶은 거, 좋아하는 거 다 먹고 큰 꼬부기가 쑥쑥 '확대'되는 중.

"도대체 이거 뭐냥…?"

세상에서 제일 무서워!

꼬부기는 풍선을 무서워한다.

풍선이 빵! 소릴 내고 터지는 걸 본 적도 없는데

왜 저렇게 풍선을 무서워할까?

혹시 털이 하나도 없는 반질반질한 생명체라 생각하고

낯설어서 저런 건 아닐까?

돼냥이가 아니고 털 찐 건데…
꼬부기가 한창 '확대'되어 돼냥이 의혹이 돌던 시절의 모습.
돼냥이가 아님을 증명해 보이기 위해
뱃살도 잡아보고 볼살도 잡아보며 온갖 노력을 했는데,
도리어 돼냥이를 인증한 꼴이 되었다!
그래도 살이 쪄도 털이 쪄도 사랑스러운 꼬부기.

꼬부기는 돼냥이가 아니에요

욕조에 발라당.

엄마 집사가 목욕을 하지 못하는 이유.

쵸비 자기 소개

쵸비

2016년 7월 출생, 남자아이.

이제 2살이 된 사랑스러운 자이언트 베이비.

볼 때마다 뭔가를 먹고 있는 고양이답게 엄청난 몸무게와 덩치를 과시한다.

친형제는 아니지만 꼬부기의 하나뿐인 동생이자 쵸꼬비네 막내다.

성격은 똥꼬발랄!

보들보들한 하얀 털, 그리고 눈 주변과 꼬리만 까만 게 포인트다.

쵸비가 좋아하는 것 하나, 문어 친구

쵸비가 아기 때부터 소중히 갖고 놀던, 지금도 가장 좋아하는 장난감.

밤만 되면 이 문어를 입에 물고 "까옹 까옹" 하고 울며 온 집 안을 돌아다닌다.

어린 시절 엄마 집사의 친정에서 단추라는 이름의 푸들과 몇 달간 함께 지낸

영향인지 장난감도 꼭 강아지처럼 물고 다닌다.

문어를 입에 문 채로 침대도 오르락내리락, 방을 들락날락.

문어를 뺏으려들면 "앙!" 하며 귀엽게 화까지 낸다.

문어 친구를 절대 놓칠 수 없는 쵸비의 사정이 궁금하다면?

쵸비가 좋아하는 것 둘, 냠냠

늘 밥을 잘 먹는 쵸비.

먹던 밥그릇이 비면 옆의 그릇에 가서 마저 충분히 먹는다.

뱃살이 늘어난 것 같지만 기분 탓이겠지?

쵸비가 좋아하는 것 셋, 트랙 장난감

트랙 속의 공을 사람보다 더 잘 굴린다. 트랙 마스터 촙촙!

쵸비가 좋아하는 것 넷, 엄마와 아빠

아침만 되면 쵸비는 엄마 집사 배 위로 올라와 고롱고롱 하는 소리를 낸다.

쵸비의 애교는 0 혹은 100에 달할 정도로 큰 차이를 보이는데

100이 될 때는 온몸으로 엄마에게 애정을 표출한다.

머리를 비비고 몸을 비비고 고로롱 소리를 내면서.

몸을 쭉 펴면 원기둥 냥이.

쵸비는 꼭 초콜릿이 묻은 꼬부기 같아 보여서
꼬부기의 애칭 '꼬비'에 초콜릿의 '초'를 더해
이름을 쵸비로 단번에 결정했다.
똑똑한 쵸비는 이름을 부르면 자다가도 뒤돌아본다.

05

아기 쇼비

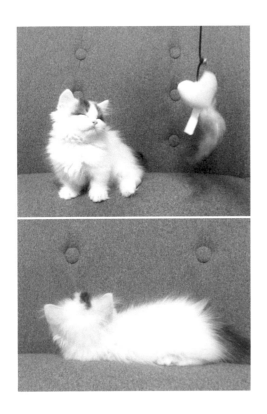

2016년 7월, 뽀시래기 시절의 쇼비.

엄살왕 쵸비 보고 가세요

태어나 처음으로 예방 접종을 하기 위해 병원에서 기다리는 중.

낯선 공간에 와 엄청 예민해진 쵸비.

"만지지 마냥!"

뒷발차기 팡팡!
고양이 아니랄까 봐 생선 장난감을 좋아하는 쵸비.

냠냠, 뇸뇸, 쵸또먹 중.

쵸또먹은 '쵸비 또 먹네'의 줄임말.

포인트인 까만 꼬리.

쵸비야, 이거 붓이야 꼬리야?

아빠 집사 손을 베고 잠드는 걸 좋아하는 개냥이.
코– 자고 있을 때 슬쩍 쓰다듬으면
손바닥에 얼굴을 올리고 잠이 든다.

잠자는 아기 쵸빙이.

쵸비 확대마

#6개월 #3.2kg

어릴 적엔 몸무게가 400g이었는데, 6개월이 지나고는 무려 3.2kg이 됐다.

계속해서 놀라운 속도로 쑥쑥 자라고 있다.

나날이 토실토실해져서 새로운 별명 '쵸비 툐비'가 생겼다.

(지금은 약 5.4kg!)

나는 꼬부기에 이은 연쇄 확대마가 되었다.

하얗고 오동통해서 몸을 굴리고 있을 때면 마치 흰 공 같은 쵸비.

달려라, 쵸비 툐비!

"아직 아기 맞다냥."
몸만 자란 자이언트 베이비.

알아요, 아기치곤 많이 크다는 거….

중성화한 쵸비. 드디어 넥카라를 푸는 날이 됐다.

넥카라 아래 짧고 통통한 발이 포인트.

세상에서 가장 귀여웠던 목도리 쵸마뱀, 안녕.

그리고

중성화한 동생 쵸비를 멀리서 바라보는 형 꼬부기.

중성화 수술 후 쵸비의 일주일

나는 프로 고양이 확대마다. 처음 만났을 때 400g(처음으로 병원에 갔을 때 잰 것)의 뽀시래기였던 쵸비는 5개월 차에 2.8kg을 찍더니 지금은 무려 6kg에 가까운 거대 고양이가 되었다(그리고 아직 자라고 있는 중으로 추정된다!). '꼬부기는 돼냥이가 아니야!'라는 해명 영상을 찍었던 당시 꼬부기의 몸무게가 3.5kg이었는데, 이 몸무게를 쵸비는 무려 6개월 차에 따라잡았다.

지금보다 더 어렸을 때 쵸비는 몸보다 더 크고 풍성한 꼬리를 자랑했다. 하얀 몸과 달리 꼬리는 진한 회색인 데다 크고 복슬복슬하기까지 하니 종종 '먼지털이'라 부르기도 했다. 꼬리는 더 이상 자라지 않는지 훌쩍 커버린 지금은 몸이 꼬리 크기를 넘어섰다.

귀여운 게 '왕' 크니 '왕' 귀엽긴 하지만 선대가 어떤 종이기에 이토록 잘 크나 궁금해 유전자 검사를 맡겨보았다. 고양이의 침과 털을 보내면 유전자를 확인해주는 시스템인데, 거의 반년 만에 결과를 받을 수 있었다. 확인서를 보니 쵸비에게는 거대한 몸집의 고양이, 메인 쿤Maine Coon의 피가 흐르고 있었다!

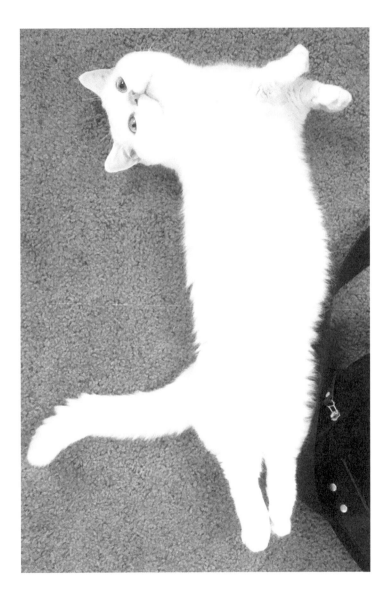

형제 쵸꼬비

인연으로 만난 쵸꼬비는
처음엔 서로 낯설어하는 듯했지만 금세 적응했다.
싸우다가도 언제 그랬냐는 듯 서로 그루밍도 해주고
같이 잠들기도 하는 예쁜 두 형제.

첫 만남

#채팅 #소통 #자기_소개 #누구세요

꼬부기가 1살 반이었고 쵸비가 생후 2개월이었을 때

둘은 화상 통화로 처음 만났다.

꼬부기는 스크린 속 쵸비를 찾기 위해

모니터 뒤로 갔다가, 앞으로 왔다가 하며 어리둥절해했다.

드디어 진짜 첫 만남. 합사를 조심스레 시도했다.
둘의 체취가 묻은 수건이나 케이스를 줘
냄새를 맡게 하여 서로에게 익숙해지도록 했다.
쵸꼬비가 만나게 된 첫날엔
아가들도 집사도 떨릴 수밖에 없었는데,
서로 킁킁 냄새를 맡으며 탐색하는 게
비교적 분위기가 좋아 보여 안심했다.

그러나 이내 캣 파이트가 터지고야 마는데….

우리 처음 만났어요

꼬부기 : "비켜! 내 자리다냥!"

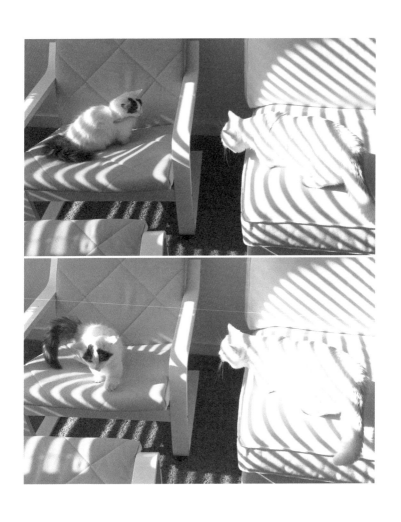

장난감이 신기한 쵸비와 그런 쵸비가 신기한 꼬부기.

꼬부기는 천사같이 순하디순한 성격이어서 쵸비와의 합사가 쉬울 거라 생각했지만, 그건 큰 착각이었다. 예전에 잠깐 함께 지낸 암컷 고양이들에게 밥도 기꺼이 내주고 맞아도 하악질 한 번 안 하던 순둥이라 당연히 쵸비와도 잘 지낼 거라고 멋대로 생각해버린 것이다.

쵸꼬비가 같은 공간을 쓰기 전 일주일 동안은 쵸비를 따로 작은 방에 두고 하루에 몇 시간씩 공간을 바꿔 서로의 체취에 익숙해지게 했다. 그런 다음 둘이 같은 공간을 쓰게 했을 때 꼬부기는 쵸비가 자신의 밥을 먹거나 물을 마실 때마다 울면서 쫓아다녔다. 하루가 채 지나지 않아 둘은 물고 뜯고 싸우기 시작했다. 털이 풀풀 휘날리는, 그야말로 전쟁이 시작됐다. 서열을 잡는 중이라 피가 나기 전까지는 사람이 개입하면 안 된다고 하여(조금 같잖고 귀엽기도 하지만) 초조하며 지켜볼 수밖에 없었다.

2주 정도가 지나자 둘의 싸움도 잠잠해지더니 마침내 잠도 같이 자고 붙어 지내기 시작했다. 마침내 찾아온 평화와 2배의 귀여움! 서열이 잘 잡혔는지, 당시 고작 몇 백 그램에 불과했던 쵸비는 지금도 꼬부기에게 져준다(지금은 꼬부기 체격의 2배 이상이다). 밥이나 간식을 먹을 때도 형 뒤에서 기다렸다가 꼬부기가 다 먹으면 그제야 먹는다. 기특한 것.

지금 생각해보면 꼬부기가 쵸비에게 매우 자비로웠던 게 아닐까 싶다. 간식을 먹던 도중 "우웅~" 하는 소리를 내며 양보해주는 듯한 행동을 하고, 화장실 사용법도 알려주고, 무엇보다 혼자 독차지하던 공간과 집사의 사랑을 갑자기 생긴 동생과 나누었으니 말이다.

만약 세상에 고양이 평화상이 있다면,
마땅히 꼬부기가 받아야 할 거라고 생각한다.

전쟁의 서막

꼬부기 : "내 물인데…."

꼬부기 : "내 스크래처인데…."

꼬부기 : "내 의자다!!!!"

마침내 눈으로만 레이저를 쏘지 않고 행동으로 옮긴 꼬부기.

그러나
아기 때부터 맞거나 지지만은 않던,
눈빛이 남달랐던 쵸비!

피자 매트 위 본격 솜방망이 싸움이 시작됐다.

냥이 싸움에 피자 등 터지는 중.

아무리 쵸비가 덤벼도

그래도 꼬부기가 형답게 서열은 위!

살벌한 솜방망이 싸움

솜방망이 전쟁

앙! 꼬부기의 쵸비 볼 깨물기.

눈 질끈 감고 공격 중!

싸우다 보면 날아다니기도.

치열하게 솜방망이로 투닥대던 둘.

이번 싸움은 쵸비 코에 꼬부기의 이빨 자국이 나면서 끝이 났다.

그래도 형제

인연으로 맺어진 형제인 꼬부기와 쵸비.

싸울 때도 있지만 그래도 늘 함께하는 우애 좋은 형제다.

꼬부기 : "좁아…."

쵸비 : "형아랑 같이 잘 거야!"

요상하게 붙어 자는 솜뭉치들.

잘못된 위치 선정.

형제의 화장실 사용법

꼬부기 : "화장실은 이렇게 쓰는 거야. 알았냥?"

쵸비 : "???"

꼬부기는 누가 시키지 않았는데도

동생에게 몸소 화장실 쓰는 법을 알려주었다.

꼬부기 : "자, 들어가서 해봐."

쵸비 : "…."

꼬부기가 열심히 가르쳤지만,

쵸비는 끝내 일 처리하는 법을 익히지 못해서

꼬부기가 쵸비의 똥을 대신 덮어주는 중이다.

쵸비가 고양이답지 못하게 일을 보고 나면

꼬부기가 늘 대신 모래를 덮어주었다.

버릇이 잘못 든 쵸비는

지금도 잘 처리할 줄 몰라서 엄마아빠가 늘 대신 해주고 있다.

"화장실 다녀와서 신나!"

06

내가 그루밍해줄게

서로서로 그루밍해주는 중.

사이 좋게 그루밍하는 모습을 보면 집사의 마음도 흐뭇!

지금 핥으러 갑니다

뭘 해도
예쁜 내 새끼

"여러분, 귀여운 내 새끼 보세요!"
나는 이 깜찍한 것을 세상에 널리 자랑하고 싶다.
이리 보고 저리 봐도 예뻐!

코스튬 고양이

지성미가 넘치는 쵸꼬비.

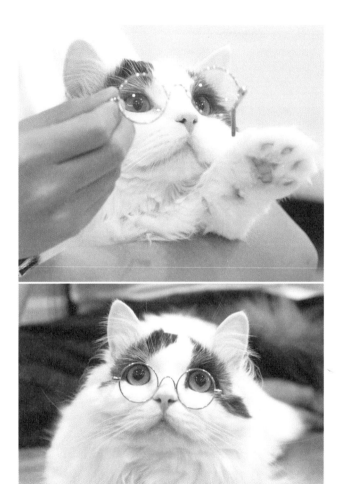

산타 고양이.

꼬부기 : "아… 인생…."

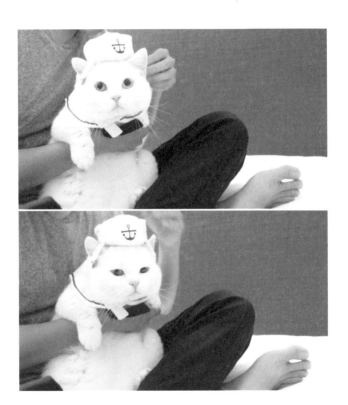

대마법사 꼬부기와

표정으로 욕하는 듯한 쵸빙이.

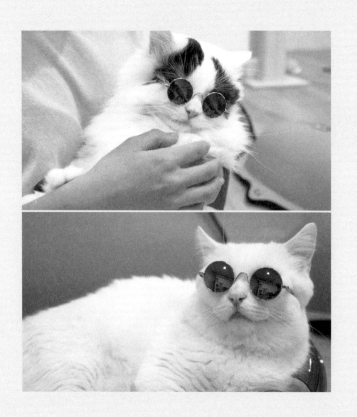

코스튬은 아니지만

모자를 씌워주었더니 모자 반, 꼬부기 반이 되었다!

고양이는 햇빛이 좋아

따뜻한 걸 좋아하는 고양이답게 쵸꼬비는(특히 꼬부기) 일광욕을 즐겨 한다.

햇볕을 쬐는 고양이를 보면 집사의 마음도 포근해진다.

햇볕 좋은 날

따스한 볕을 받고 있는 집과 꼬부기.

아기 쵸비는 햇볕을 쬐는 것보다
빛이 벽에 반사되어 생긴 무지개를 벌레 사냥하듯 쫓는 걸 좋아했다.

비눗방울 놀이

사람이 좋아하는 건 고양이도 좋은가 보다.

캘리포니아에 살면서 가장 좋은 건 따뜻한 햇볕을 맘껏 받을 수 있다는 건데 꼬부기와 쵸비도 볕 쬐는 걸 좋아해서 둘은 가장 많은 시간을 창가에서 보낸다. 그도 그럴 것이 해가 잘 드는 오후에 창문을 열어놓으면 따뜻하고 포근한 냄새가 나는 듯한 햇살이 집을 밝게 비춘다.

햇살과 함께 갖가지 소리도 들려온다. 뛰어다니는 아이들이 재잘대는 소리, 수영장에 찰랑이는 물소리, 바람에 흔들리는 야자수 잎 소리, 잎 위에 앉은 새소리까지 생생히 들려오는 창가는 호기심 많은 쵸꼬비의 궁금증을 해소해 줄 곳이라 둘의 자리싸움이 치열할 수밖에 없다.

꼬부기가 창가에 앉아 초연한 표정으로 바깥을 응시할 때면 우주 같은 파란색 눈동자가 하늘과 잘 어울린다는 생각이 든다. 어릴 적에 쵸비는 바깥 구경보다 햇빛이 벽에 반사돼 생긴 무지개를 따라 깡충깡충 뛰기를 좋아하더니, 이제는 얌전하게 하루 종일 창밖을 구경하면서 식빵을 굽는다.
수염을 한껏 앞으로 둥글게 모은 채 바깥을 구경하는 아이들의 뒤통수가 너무 귀여워 나도 함께 시간을 보내곤 하는데 둘이 지긋이 바라보는 곳을 보면 어김없이 '꼼지락거리는 것'이 있다. 대부분은 벌레다. 벌레 구경을 세상 심오하게 하는 고양이 둘을 보면 절로 웃음이 난다.

너희와 함께하는 매 순간이 행복이구나, 하는 생각과 함께.

사실 못생길 때도 있다

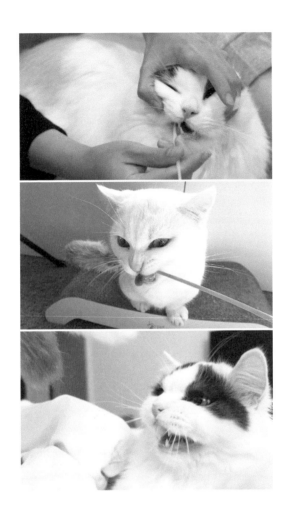

뭔가 불편하고 마음에 안 들기 시작한 두 냥님들.

희번덕거리는 순간 포착.

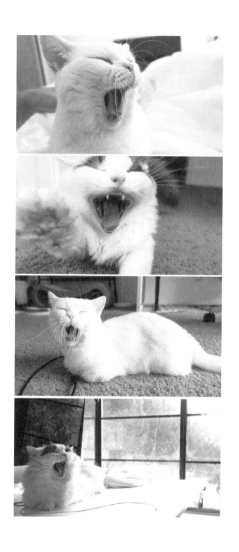

하품~

바닥에 묻은 똥 냄새를 맡고 이런 표정을 짓고 있다.

못생겼다고 했지만
이런 모습도 너무너무 사랑스러울 뿐!

04

세상에서 제일 귀여워!

가방도 너 가져….

찐빵 두 마리.

"쵸비, 손!"

쵸빙이가 기분 좋을 때 해주는, 쵸비만 가진 집사를 녹이는 능력!

쵸꼬비의 손금 결과가 궁금하다면?

손금 좀 볼까? 분홍 젤리 만지작 만지작.

#골골이 #골골송

오늘도 꼬부기는 엄마아빠 침대에서 골골이를 하고 간식을 받아간다.

얼굴 바로 옆에서 골골이를 하는 꼬부기는 너무 예뻐!

" 골골이 혹은 골골송 고양이가 기분이 좋을 때 내는 소리.
'골골골···'과 비슷해 골골이 혹은 골골송이라 부른다. 전문 용어로는 퍼링[PURRING].

간식을 기다리는 쵸꼬비 브이 V.

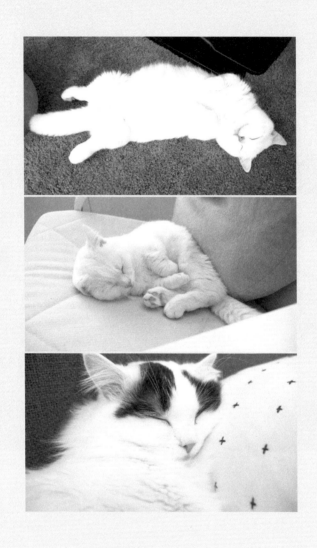

멍 때리다 잠들기.

브리또 냥이 쵸비.

여전히 병원이 너무 무서운 쵸비가 버둥대는 탓에

수건에 돌돌 말려 한 마리의 브리또가 되었다.

"엄마, 괜찮아?"

엄마 집사는 목욕 중인데 쵸비는 엄마가 무서운 물에 빠진 줄 아는 거 같다.

엄마 집사의 손가락과 노는 꼬부기.

꼬부기 시그니처 포즈.

무려 냥카데미 최다 불쌍상까지 받은 꼬부기의 유명한 자세.

눈이 부셔서 얼굴을 바닥에 박고 자는 걸까?

귀엽긴 하지만 숨이 막힐까 걱정이 돼서

저럴 때마다 매번 고개를 다시 돌려주고 있다.

---

* 냥카데미 매년 연말, 쵸쿄미 유튜브 채널에서 하는 이벤트.
  최다 조회상, 최다 불쌍상, 남우주연상, 신인상 등을 선정한다.

꼬부기와 쵸비는 다리가 짧은 먼치킨 숏레그 종이라 서 있을 땐 몸이 거의 일(一)자가 되어 털로 된 원기둥 같아 보인다.
숨 쉬는 털기둥!

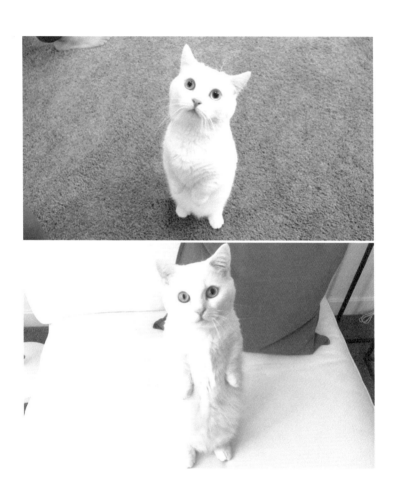

혹시… 미어캣의 유전자를 가졌나?

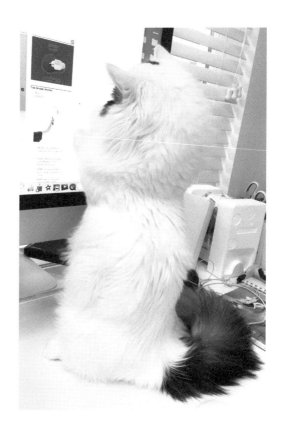

쵸비에게 아늑한 두루마리 휴지 안.

노즈워크로 간식 꺼내 먹기 놀이를 한 날.

쵸꼬비 : "그냥 내놔!"

05

노는 게 제일 좋아

모니터 뿌셔 뿌셔!

공격한다! 인형!

이 구역의 귀염둥이는 나야!

꽈당 쵸비!

박스 마니아

고양이를 키운다면 버릴 수 없는 온갖 박스들.

고양이와 함께
살고 있어요

집 안 곳곳 가득한 쵸꼬비의 흔적을 모아서.
같이 놀다가 밥도 먹고, 잠도 자고, 작업도 하고,
언제나 곁에 있는 두 냥이.

쵸꼬비 맞춤용 공간

여름이 되면 세면대는 꼬부기 전용 침대가 된다.

날이 더워지면 이곳에 누워 낮잠을 자는 꼬부기.

맞춤용 사이즈.

봉지 & 봉투 마니아!

바스락바스락, 빼꼼.

어렵지 않은 숨은 쵸꼬비 찾기.

엄마를 따라 화장실 앞에 온 쵸비.

화장실 앞을 쵸꼬비의 공간이라고 말하긴 애매하지만
둘은 이 앞에서 제법 많은 시간을 보낸다.
문이 닫힌 걸 싫어해서 집사들이 화장실에 가 있으면 문을 열라며 울곤 한다.

"화장실엔 무서운 물이 있어!
위험하니까 엄마아빠를 지켜주자!"

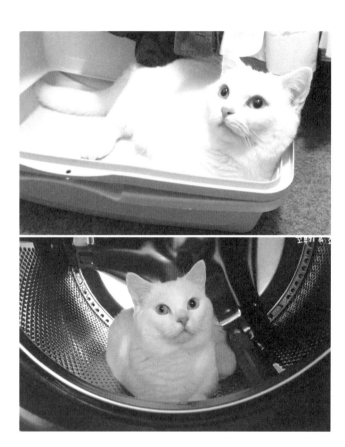

까꿍, 쵸비!

집사의 침대도 당연히 쵸꼬비의 공간이다.
엄마랑 같이 자고 싶은 막내가 침대에 쏙 들어왔다.

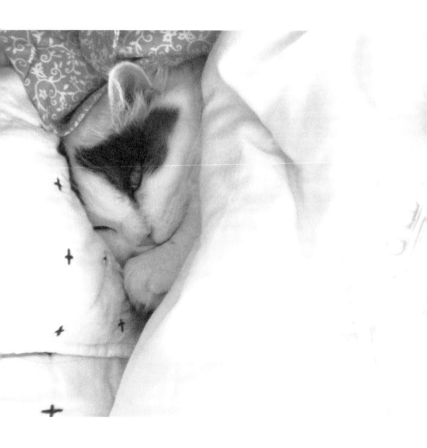

함께 맞이하는 아침

"아빠 집사야, 밥 줘."

자고 일어나면 아빠를 찾아오는 꼬부기.

엄마 집사는 주로 아침에 잠들고 오후에 일어나기 때문에 아침에 잠에서 깬 꼬부기는 알아서 아빠 집사를 찾아간다. 집사의 생활 패턴이 원래 이런 건 아니지만 꼬부기의 건강이 나빠진 이후 교대로 돌보기 위해 이렇게 하고 있다.

아무튼 아침을 맛있게 먹고 놀다가 점심때가 되면 꼬부기는 직접 엄마 집사를 깨우러 온다. 일어날 때까지 냥냥 하고 울다가 앙! 하고 물기도 하면서.

꼬부기의 아침 인사

"아빠가 해주는 아침 마사지 좋아냥."

"골골골…".

기분이 좋을 때면 내는 골골송.

골골송으로 집사를 깨우기도 하는 기상 냥이.

쵸비의 꾹꾹이×골골이×쭙쭙이 3중주.

앞발, 뒷발 다 써가며 골골이와 꾹꾹이 그리고 쭙쭙이를 하는 자이언트 베이비.

꾹꾹이를 할 때는 이불이나 인형 등 푹신푹신한 것을 찾아 "냠" 하고 물고는
온몸으로 열심히 꾹꾹이를 한다.

아기 고양이가 엄마 젖을 물듯 아직까지 꾹꾹이와 쭙쭙이를 하는 쵸비,

정말 사랑스러워!

꾹꾹이 고양이가 어린 시절 어미의 젖을 먹기 위해 몸을 꾹꾹 누르던 행동이 성묘가 되어도 남아 집사나 베개,
이불 등 푹신한 물건에 앞발을 대고 꾹꾹 누르곤 하는데 이를 꾹꾹이라 부른다.
쭙쭙이 갓 태어난 고양이가 어미의 젖을 빨던 행동이 습관으로 남은 것. 간혹 집사나 이불 등을 쭙쭙하며 빠는
모습을 쭙쭙이라 부른다.

"자는 고양이 처음 보냥."

일에 집중할 수 없는 집사의 사정

이제 작업에 집중을 좀 해볼까 하면

쵸꼬비는 슬금슬금 다가오기 시작한다.

"뭐하냥?"

집사가 크고 까만 네모(컴퓨터)를 앞에 두고 뭘 하는지 궁금한 두 형제.

그만하고 나랑 놀자.

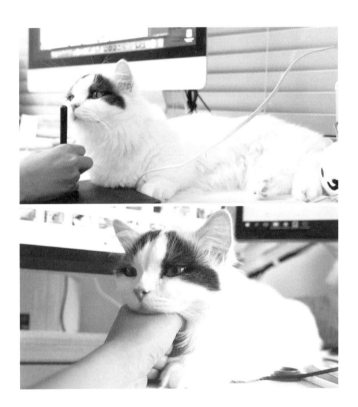

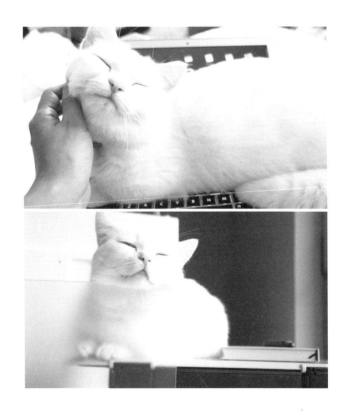

저렇게 식빵을 굽고 있으면 책도 다시 못 들춰 보고,

허리가 아파도 등을 기대고 편히 앉을 수 없지만…

지금 일 좀 못 하면 어때,

너희들이랑 놀고 나서 이따 하면 되지!

집에서 작업을 하고 있으면 백 퍼센트의 확률로 생기는 두 가지 일이 있다.

작업실에서 그림을 그리면 어디선가 꼬부기가 나타나서 쓰다듬을 때까지 야옹 하고 운다. 어릴 때부터 지금까지 거의 빼먹지 않고 말이다. 눈이 마주치면 몸을 데굴데굴 굴리며 기지개를 펴기도 한다.

쵸비는 컴퓨터를 켜면 1분 내로 책상 위에 냉큼 올라온다. 자고 있다 와서 눈이 떠지지 않아도 졸졸 따라와서는 책상 위에서 마저 잠을 청한다. 그러면 나도 같이 나른해져서 잠시 일을 멈추고 털 뭉치에 얼굴을 비벼본다. 가끔 쵸비는 자지 않으면 창밖을 보거나 컴퓨터 화면 속 마우스 커서를 잡으며 논다. 두툼한 솜뭉치로 모니터를 뿌셔, 뿌셔! 할 기세로 칠 때면 정말 모니터가 뒤로 넘어가서 부서질 것 같기도 하다.

지금 이 글을 쓰고 있는 중에도 쵸비가 옆에서 새근새근, 달콤한 낮잠에 빠져있다. 키보드를 앞에 제대로 둘 수 없어 불편하긴 하지만 견딜 수 없을 정도는 아니다. 부드럽고 따뜻한 쵸비를 이따금씩 쓰다듬으며 일을 할 수 있는 건 분명 행복한 거라고 해야겠지.

아, 정말이지 평화로운 오후다.

쵸꼬비의 건강과 미용 관리하기

귀 청소하기

솜을 둥글게 말아 귀 청소 전용 약을 바르고 아이들의 귀를 닦는다.
귀를 닦을 때도 얌전한 편인 두 형제.

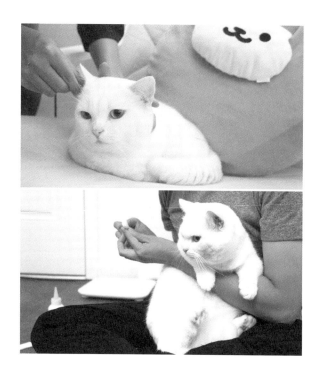

목욕하기

살려주세요….

예상 외로 목욕할 때 무서워하지도 않고 얌전한 쵸비.

"나한테 왜 이러는 거냥⋯."

피할 수 없다는 걸 알고 체념한 꼬부기.

하지만 기분이 좋지는 않다.

이젠 그러려니.

"뭐하는 거냥?"
어리둥절, 그리고 발톱 깎다 만난 깜찍한 윙크 쵸비!

빗질하기

빗질을 하면 나른해하는 냥이 두 마리.

온몸으로 약을 거부하려고 하지만 소용없다!

양치하기

하루에 몇 십, 몇 백 장의 쵸꼬비 사진을 찍지만
양치질을 하는 사진은 거의 없다.
왜냐면 아이들은 양치질을 싫어해서
(일반적으로 대부분의 고양이가 양치질을 싫어한다)
집사 두 명이 함께 달라붙어 전쟁을 치르기 때문.

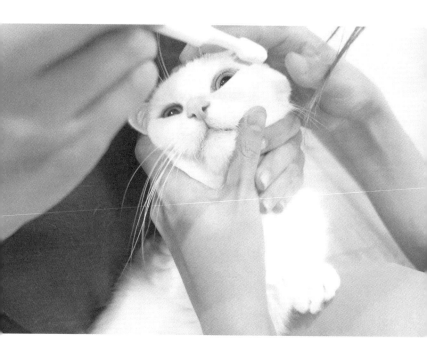

너흴 위해 만들어봤어

엄마 집사가 직접 만든 세상에 하나뿐인 쵸꼬비 그릇.

자기 그릇에 사료도 담아 냠냠.

꼬부기와 똑 닮은 피규어.

세상에서 제일 화려한 상자 궁전.

2층에 올라갔다가, 창문에 꼈다가 하면서 재밌게 논다.

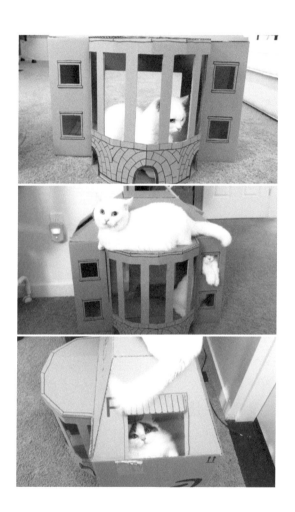

만든 건 아니지만 꼬부기와 쵸비 덕에 받게 된 특별한 버튼.
유튜브 구독자 수가 10만 명이 되었을 때 그 기념으로 받았다.
무려 아빠 집사가 회사에서 유튜브 CEO에게 직접 받아온 것!

핸드메이드 매듭 팔찌엔 쵸꼬비 참을 달았다.

그리고 분홍 자수 팔찌.

쵸꼬비 스탬프 쾅.

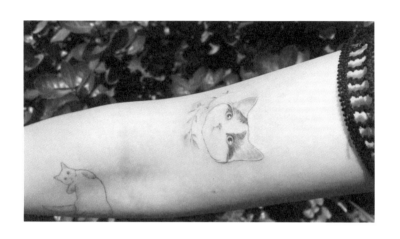

엄마 집사의 팔에 새긴 타투.

뒹굴뒹굴하는 꼬부기와 쵸비.

텀블벅을 통해 내놓은 쵸꼬비 모찌 인형.

세상에 나오지 못할까 봐 엄청 걱정했는데, 그렇게 큰 사랑을 받을 줄이야!

많은 분들이 응원하고 좋아해준 덕에 정말 행복하게 일할 수 있었다.

"이 자리를 빌려 모든 분께 정말 감사드립니다!"

쵸비처럼 귀여운 쵸비의 생일 케이크를 만들었다.

쵸비는 먹지 못하는 것이 함정.

두 고양이의 발 도장 쿵쿵 장식.

양모펠트 아닌 냥모펠트.

06

일상 속의 쵸꼬비

꼬부기가 좋아하는 드라이브.

움직이는 차 안에서 일광욕도 하고 바깥 구경도 하고.

핸들 아래 쵸비.

"나는 엄마랑 같이 책도 본다냥."

쵸비는 책에 달린 가름끈에 정신이 팔려 있다.

벌레 장난감이랑 노는 중.

마대걸레가 무서운 꼬부기.

털이 달려 있으면 친구라고 생각하지만 덩치가 크면 무서워!

꼬부기는 지금 걱정이 가득하다.

로봇청소기가 소중한 집 주변을 알짱대는 중이라

걱정스러운 마음으로 집을 지키고 있다.

"집사야, 저거 안 치우고 뭐 해?"

"엄마, 쵸빙이도 데려가!"
여행을 가기 위해 짐을 싸던 중 캐리어에 들어온 쵸비.

큰일을 보고 온 꼬부기.

큰일을 보고 오면 유독 신이 난다. 왜?

자기 털로 만든 털공과 마주한 꼬부기.
꼬부기와 쵸비는 자기 털로 만든 장난감을 정말 좋아한다.

다 알고 있어요.
당신도 냥덕!

냥덕님들을 위해
특별히 더 사랑스러운 쵸꼬비의 포인트만 모았다.
천천히 감상해보시길!

냥통수

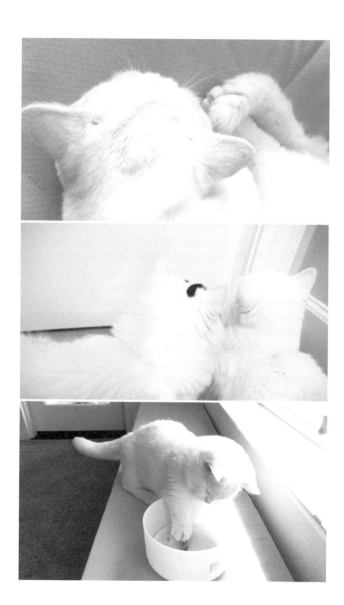

배

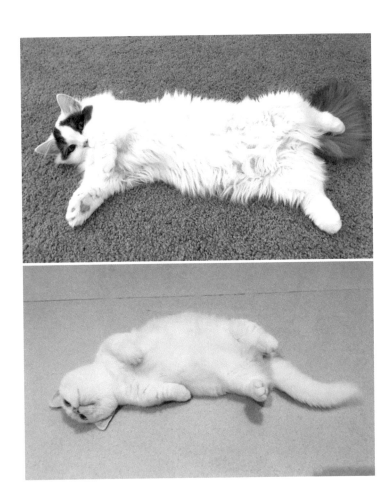

솜방망이 숏다리

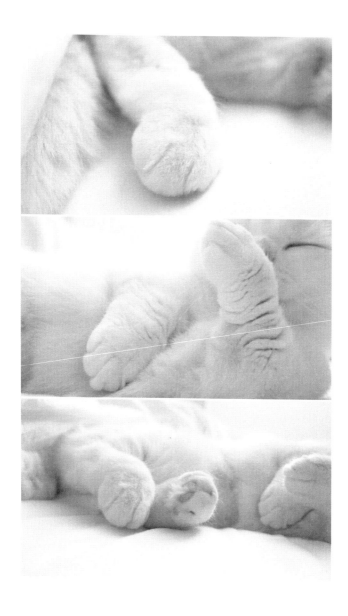

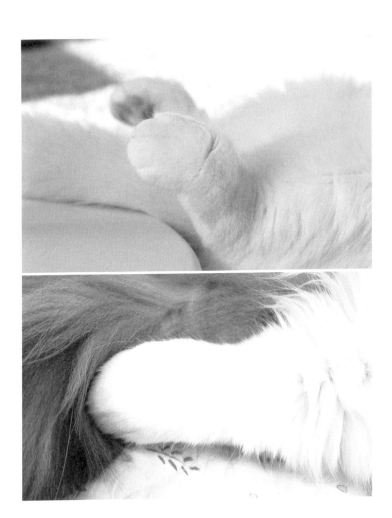

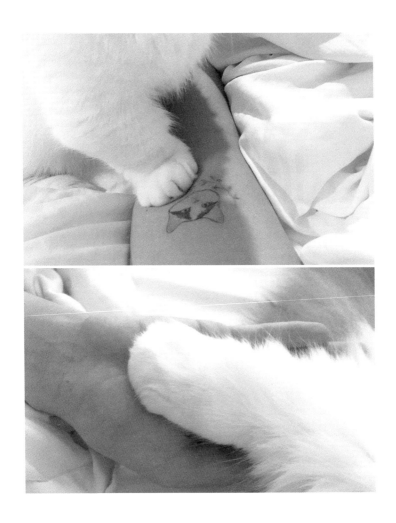

분홍 젤리

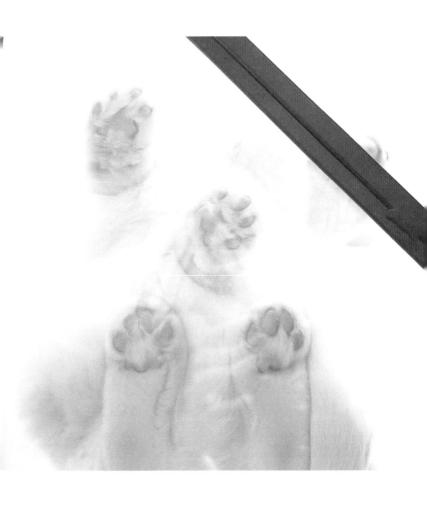

귀

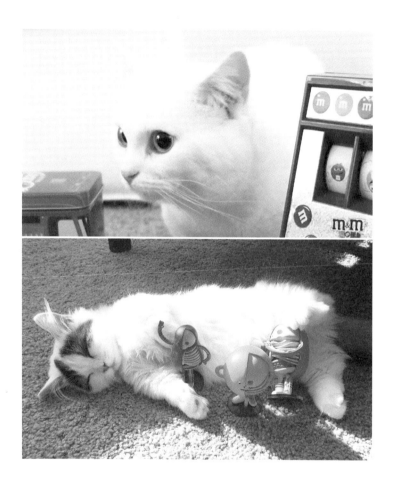

눈

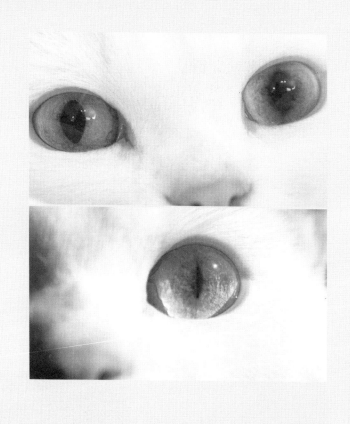

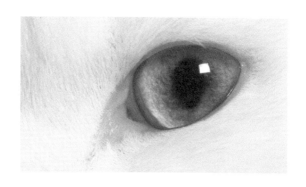

세모 입과 분홍 코

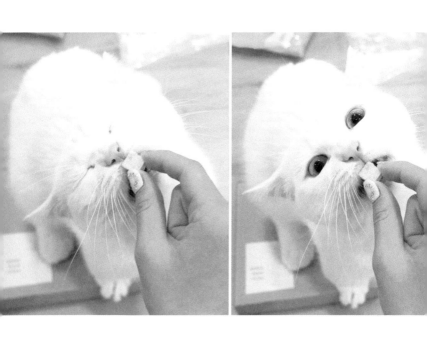

이빨

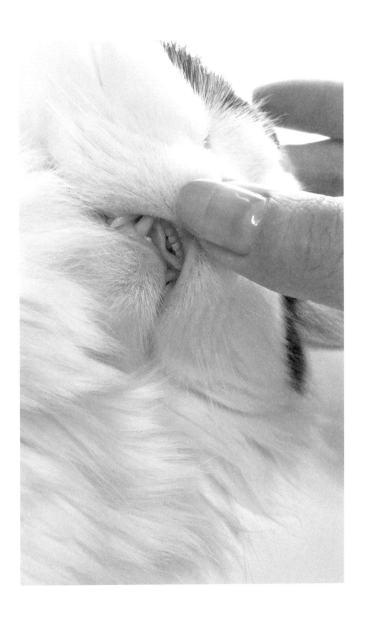

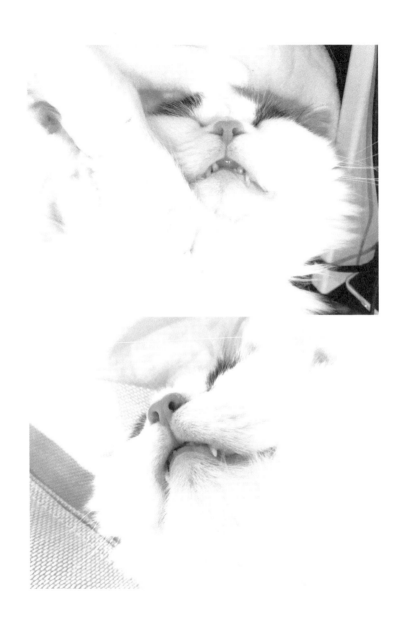

꼬리

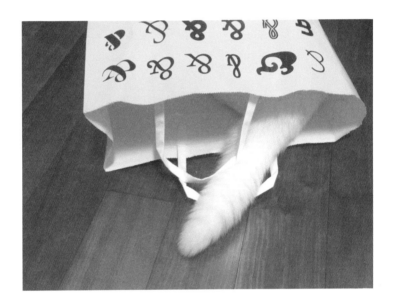

엉덩이

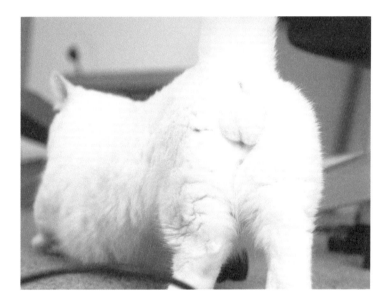

냥모나이트

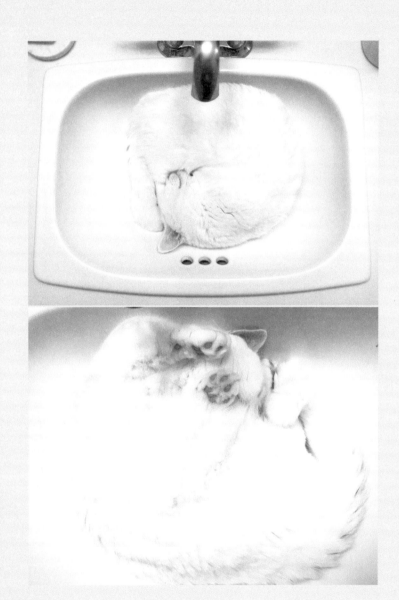

엄마 집사가 그랬어요

사진이나 영상과는 또 다른 느낌이 있는
쵸꼬비와 집사의 생활을 직접 그린 4컷 일상툰과 일러스트.

#1

간식 주세요

꼬부기는 매일 아침 침대에서 꾹꾹이를 해준다

꾹꾹이가 끝날 때까지 엄마가 깨지 않으면

얼굴을 물어뜯는다

(간식을 줄 때까지 멈추지 않음)

#2

내가 너 때문에

이렇게 귀여운데 ❤

#3

뭘 먹는 거야

#4

한밤중 몰래

#5

형벌

쵸비의 첫 목욕

병원

아직 주사 맞지도 않았어

까앙

살려~

뽀시래기 시절 엄청나게 엄살쟁이였던 쵸비

비행기

(비행 내내 욺)

똥 싸는게야~

까아아

왜인지 천장에도 똥

안녕 난 똥이야~

엄살쟁이 쵸비에게 갑작스레 찾아온 첫 목욕날

얌전...

??

의외로 꼬부기보다 얌전(!!)

#7

사실 더 귀여워

꼬부기의 화장실 사용법 교육

#9

터득했나 쵸비

#10

집사 인증 마크

털은 공기와 같은 것

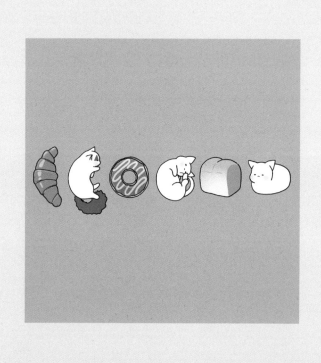

에필로그

아파도 늙어도
마지막 순간까지 함께할 가족

꼬부기는 우리에게 한없이 큰 기쁨만을 준, 고작 3살이 된 작은 아이였다.

아이들의 귀엽고 예쁜 모습만 보여주면서 책을 마치면 좋겠지만 사실 꼬부기는 많이 아픈 상태였다. 치사율이 99%에 이른다는(1%는 오진이라는 말이 있다) 복막염에 걸려 1년이 넘는 시간 동안 매일 힘겹게 병마와 싸워야 했다.

고양이는 사람보다 수명이 짧고, 또 아프거나 늙는 것도 당연한 일이다. 이 사실을 아무리 기억해도 막상 내 새끼가 아파하는 모습을 보는 건 정말 힘들다. 우리 부부는 꼬부기가 바닥에 실수한 소변을 닦고, 엉덩이를 씻기고, 약을 정해진 시간에 매일 먹이는 일을 하루도 빠트리지 않고 했다. 혈당 체크를 하고 주사를 놓기도 하면서.

병 때문인지 꼬부기는 식욕도 없어서 아이가 맛있게 먹을 밥을 찾아 하루에 5만 원어치의 캔을 뜯는 것도 다반사였다. 그래도 이 정도의 수고는 꼬부기가 버텨주었던 아픔에 비하면 너무 보잘것없는 일이다. 내가 더 해줄 수 없다는 게 너무 미안할 정도로. 지난 6월 26일, 복막염과 오랜 시간을 싸우던 꼬부기는 고양이별로 긴 여행을 떠났다. 이 사실을 문장으로 쓰니 공식적으로 인정해버리는 거 같아 몇 줄 안 되는 글을 쓰는 데도 마음이 편치 않지만, 꼬부기는 이제 더 이상 아프지 않고 건강한 몸으로 행복하게 지내다가 먼 훗날 엄마아빠를 마중 나와줄 것이라 믿는다.

이 글은 많은 사람들이 반려동물을 들이기 전에 좀 더 신중했으면 하는 마음으로 쓴다. 동물의 마냥 귀엽고 건강한 모습만 보고 키울 생각을 하기보다 그들은 언제든 갑자기 아플 수 있고 아무리 건강해도 주인보다 빨리 나이를 먹는다는 사실, 어린 시절은 잠깐 스쳐 지나간다는 걸 다시 한 번 생각해봤으면 좋겠다. 이 글이 버려지는 동물들이 한 마리라도 줄어드는 데 도움이 되었으면 한다.

사랑스러운 효자 꼬부기야, 엄마에게 와줘서 정말 고마워.

꼬부기와 쵸비라서 행복해

초판 1쇄 발행 2018년 9월 12일
초판 2쇄 발행 2018년 9월 13일

지은이 김지아
펴낸이 이범상
펴낸곳 ㈜비전비엔피 · 이덴슬리벨

기획편집 이경원 심은정 유지현 김승희 조은아 김다혜 배윤주
디자인 김은주 조은아
마케팅 한상철
전자책 김성화 김희정
관리 이성호 이다정

주소 우) 04034 서울시 마포구 잔다리로7길 12 (서교동)
전화 02)338-2411 **팩스** 02)338-2413
홈페이지 www.visionbp.co.kr
이메일 visioncorea@naver.com
원고투고 editor@visionbp.co.kr
인스타그램 www.instagram.com/visioncorea
포스트 post.naver.com/visioncorea

등록번호 제2009-000096호

ISBN 979-11-88053-36-0 03810

이 도서의 국립중앙도서관 출판예정도서목록(CIP)은 서지정보유통지원시스템 홈페이지(http://seoji.nl.go.kr)와 국가자료공동목록시스템(http://www.nl.go.kr/kolisnet)에서 이용하실 수 있습니다.(CIP제어번호: CIP2018026558)